Extrait des Actes de l'Académie royale des Sciences, Belles-Lettres et Arts de Rouen, 1821.

MÉMOIRE

Sur cette Question : *Pourquoi peut-on faire des vers italiens sans rime ?*

PAR M. BOTTA.

MESSIEURS,

LA langue italienne offre une facilité étonnante pour faire les vers. Cette facilité est si grande qu'un italien fait des vers en parlant, et sans s'en appercevoir. Elle dépend de la nature très-accentuée de la langue, et du nombre infini de ses longues et de ses brèves. Il a fallu y mettre des bornes, et c'est pour cela qu'on y a introduit la rime qui, en présentant une difficulté, a mis les poètes dans la nécessité de se recueillir, de travailler leurs vers, et par conséquent de leur donner plus de nerf et plus d'élévation. Le défaut de rime dans les vers est comme le défaut de digue dans un torrent qui le laisse couler paisiblement, et d'une onde trop facile ; c'est de la prose. La rime est comme une digue qui, en arrêtant le torrent, le force à s'élever, à se courroucer, à produire des effets extraordinaires ; c'est de la poésie. C'est pourquoi, tandis que la poésie rimée a été en honneur dès les premiers temps de la formation de la langue, la poésie non rimée resta long-temps en discrédit, et il faut avouer qu'elle le méritait.

Cependant, des hommes de génie ne tardèrent pas à s'appercevoir qu'avec les ressources que la langue italienne présentait, il était possible de s'élever, même par des vers sans rime, aux régions les plus sublimes de la poésie. Ce qu'ils avaient conçu, ils l'exécutèrent avec un plein succès. Il y a donc parmi les vers non rimés italiens, des vers lâches, décolorés, insipides, et, s'il m'est permis de me servir de cette expression, des vers efféminés ; mais il y en a aussi dans lesquels on ne saurait désirer ni plus d'élévation, ni plus d'énergie. Il suit de là qu'il y a des conditions à remplir pour que les vers italiens non rimés deviennent de la haute poésie, et pour qu'ils n'aient rien à envier aux vers rimés. Ces conditions sont très-difficiles, et nous avons entendu dire à des italiens fort exercés qu'un morceau d'une certaine étendue en vers non rimés dans leur langue, demandait plus de travail et plus de soins que le même morceau écrit en vers rimés.

En quoi consistent ces difficultés, et quelle est la différence qui doit exister entre la texture des vers rimés et celle des vers non rimés ? C'est une question qui a été examinée, mais seulement en partie, par les savants qui ont concouru pour le prix proposé par l'Institut, sur cette question : *Pourquoi ne peut-on faire des vers français sans rime ?*

Nous allons envisager cette matière sous tous ses points de vue, mais en indiquant seulement les différents caractères que doit avoir la poésie italienne non rimée, caractères qui la distinguent si éminemment de la poésie rimée. Il faudrait des volumes pour traiter ce sujet à fond. Nous ne parlerons que du vers endécasyllabe qui est le vers le plus solennel des italiens, et auquel toutes les autres espèces de vers se rapportent.

Les vers non rimés, si on les considère chacun isolément, sont aussi harmonieux que les vers rimés. D'où vient donc qu'une pièce un peu longue en vers non rimés, faits sans art et sans les conditions requises, ne produit que le dégoût ? C'est d'abord parce qu'il n'y aurait pas assez de variété de vers à vers : la rime masque ce défaut. La diversité des sons produits par des rimes dif-

férentes distrait l'oreille de l'uniformité de l'harmonie, en produisant elle-même une harmonie d'une autre nature, et en portant l'attention de l'oreille vers le retour de la même rime qu'elle désire. Dans ce mécanisme, l'oreille oublie jusqu'à un certain point l'harmonie du vers entier pour n'écouter que celle de la fin du vers, c'est-à-dire, la rime. C'est ainsi que la rime qui, au premier abord, semble être une source d'uniformité, contribue cependant à produire une variété, et à masquer la première dans une longue suite de vers.

Or, quelles sont les ressources que la langue italienne présente pour varier l'harmonie de vers à vers, et pour pouvoir se passer ainsi de la rime ? Nous allons les indiquer sommairement.

1°. La grande facilité des enjambements. Cette ressource, qui fut apperçue par Voltaire, a été très-bien développée par M. Mablin, mon compatriote, dans son Mémoire qui a obtenu une mention honorable de l'Institut. Cette opposition qui existe entre le vers qui est terminé et le sens de la phrase qui ne l'est pas, produit une sensation agréable, a beaucoup de grace, fait désirer le vers suivant, et porte rapidement sur lui. Cette faculté d'enjamber, en produisant un nouveau plaisir pour l'oreille et pour l'esprit, fait oublier la monotonie des vers. Les Grecs et les Latins ont usé abondamment de cette faculté ; elle est portée au plus haut degré dans Virgile ; les Italiens l'ont conservée toute entière. Cette ressource est si vraie, que, lorsqu'elle est permise dans les vers français, elle produit un grand effet, et on cite avec complaisance les endroits où les poètes en ont fait usage. Mais ce qui n'est qu'une exception, ou, pour mieux dire, une heureuse hardiesse en français, est un système naturel en italien. Il est fort à regretter que les Français n'aient pas conservé plus de latitude à cet égard. Qu'on juge des ressources qu'ont en leur pouvoir les poètes ita-

A 2

‹ liens ; pour qui la faculté d'enjamber n'a pas de bornes.

2° L'inversion des phrases. Ce contraste qui se produit entre l'oreille, qui suit une harmonie, et l'esprit, qui est en suspens et obligé d'aller ou en avant ou en arrière, et de combiner des mots qui se trouvent à distance, pour trouver un sens qui le satisfasse, est une source abondante de plaisir, et ce plaisir affaiblit l'effet de la monotonie. Lorsque le sens et l'harmonie vont l'un et l'autre du même côté et du même pas, comme dans la construction directe, il n'y a point de contraste, point d'interruption, point de difficulté vaincue ; il y a par conséquent moins de variété, moins d'intérêt, moins de plaisir. L'esprit n'aime pas à suivre servilement l'oreille ; il aime la liberté ; il se plaît bien d'entendre, au milieu de ses opérations actives, résonner au loin une harmonie, mais il ne veut pas en être l'esclave. Telle est la puissance, tel est le charme de l'inversion. L'esprit, activement occupé, n'a pas besoin de la rime, qu'il regarde, sinon comme une chose vile, au moins comme une chose faiblement subsidiaire. Celui qui marche avec une construction directe, va toujours en descendant, tandis que celui qui marche avec une inversion est obligé de s'élever, parce qu'il lui faut surmonter des obstacles. Il est difficile qu'un vers contenant une construction directe, puisse être bon, s'il n'est soutenu par la rime ; il est impossible qu'il ne le soit pas, s'il y a inversion, quoiqu'il ne soit point rimé. La construction directe n'est bonne que pour la clarté ; mais elle ne vaut rien pour le nerf, rien pour l'élégance, rien pour l'élévation. Elle a en soi quelque chose de faible, de niais et d'insipide, qui a besoin du secours de la rime pour qu'on puisse l'honorer du nom de poésie. Sans la rime elle n'est que de la vile prose ; au lieu que l'inversion est poétique par essence. Voilà pourquoi les langues qui ne sont pas susceptibles d'inversion, ne peuvent se passer de la rime, tandis que celles qui se sont réservé cette faculté , sont poétiques sans le secours de cette répétition du même son qui , dans le fond, n'est qu'un enfantillage né dans des temps barbares , peu digne de la grandeur et de la sublimité de la poésie , peu digne du langage des dieux. Nous autres modernes, nous nous vantons beaucoup de la rime , tandis qu'elle ne fait qu'attester notre impuissance. Heureusement la langue italienne a conservé largement la faculté de l'inversion. Voilà pourquoi elle peut se passer de la rime , et si elle a de la peine à se soutenir constamment à cette hauteur solennelle du grec et surtout du latin , ce n'est point parce qu'elle manque d'inversions, mais pour d'autres causes qui n'entrent pas dans mon sujet , et qu'il serait trop long de retracer.

3° La très-grande variété des accents , relativement à la place qu'ils occupent. On peut placer les accents sur la quatrième ou sur la sixième seulement, ou sur la quatrième et la sixième , ou sur la quatrième et la huitième , ou sur la sixième et la huitième à la fois. Je ne parle pas de la pénultième qui est toujours accentuée. A cet égard on doit d'abord observer qu'il existe deux grandes classes ou divisions de vers endécasyllabes, qui se distinguent l'une de l'autre par une harmonie toute différente ; ce sont les vers qui ont l'accent sur la quatrième et la huitième à la fois , et ceux qui l'ont seulement sur la sixième ; en d'autres termes , ceux où la langue frappe et s'arrête, où l'*ictus linguæ* , comme disaient les Latins , se porte sur la quatrième et la huitième, ou sur la sixième seulement. Je prends pour exemple la première octave de la Jérusalem délivrée du Tasse , où l'on trouve, comme dans presque toutes les octaves, des vers des deux espèces :

« Canto l'armi pietose , e 'l capitano
» Che 'l gran sepolcro liberò di Cristo.
» Molto egli oprò col senno , e con la mano ,
» Molto soffrì nel glorioso acquisto.

A 3

» E in van l'inferno vi si oppose, e in vano
» S'armò d'Asia, e di Libia il popol misto ;
» Il ciel gli diè favore, e sotto i santi
» Segni ridusse i suoi compagni erranti ».

Le premier de ces vers a l'accent sur la sixième.
Le second sur la quatrième et la huitième.
Le troisième sur la sixième.
Le quatrième sur la quatrième et la huitième.
Le cinquième sur la quatrième et la huitième.
Le sixième sur la sixième.
Le septième sur la sixième.
Le huitième sur la quatrième et la huitième.

Dans le premier de ces deux beaux vers du Tasse :

« O cielo, o Dei, perchè soffrir quest' empj,

» Fulminar poi le torri, e i vostri tempj, »

la langue court frapper la quatrième et la huitième ; dans
le second, la sixième.

Dans ce vers célèbre qui peint si bien Herminie se
précipitant de cheval à l'aspect de Tancrède blessé et na-
geant dans son sang :

» Non scese nò, precipitò di sella,

L'*ictus linguæ* se fait avec beaucoup d'énergie sur la
quatrième et la huitième, mais surtout sur la quatrième.

Il y a des poètes qui affectent plutôt l'une que l'autre
de ces deux manières de vers. Le Tasse, par exemple,
se plaît trop souvent à placer les accents sur la quatrième
et la huitième ; il s'accuse lui-même de ce défaut. Frugoni,
qui a fait une grande quantité de vers non rimés qui

jouissent en Italie d'une haute estime , plaçait trop souvent l'accent sur la sixième.

Ces deux espèces de vers sont de l'usage le plus
fréquent.

Dans ces vers de l'Arioste ,

« Al fulminato encelado le spalle,
» Per mezzo un bosco presero la via,
» Tendon fra gli odoriferi ginepri,

Et dans celui-ci d'Annibal Caro,

» Tal non fu gia d'Antenore l'esilio,

l'accent est sur la quatrième.

Dans celui-ci de l'Arioste ,

» Che raro fu tener le labbra chete.

Et dans cet autre d'Annibal Caro ,

» Qui di porre avea giá disegno , e cura,

l'accent est sur la sixième et la huitième.

Dans le suivant de l'Arioste ,

» O presso ai fonti , a l'ombre dei pogge ti,

Et dans celui-ci d'Annibal Caro ,

» Le si fé sotto e vortice , e vorago,

l'accent est sur la quatrième et la sixième.

Il est aisé de voir quelle source inépuisable de variétés
fournissent ces différents placements des accents. Elle est
si abondante qu'un poète italien qui voudrait faire quatre

vers de suite qui eussent précisément la même harmonie, aurait bien de la peine à réussir, et il faudrait qu'il s'en fît une tache toute expresse. Cette variété, qui naît naturellement du caractère même de la langue, suffit pour la poésie rimée ; mais il n'en est pas de même pour la poésie non rimée. Pour celle-ci, elle ne doit pas être abandonnée au hasard ; elle doit suivre des règles certaines et être assujettie à un système donné ; elle doit y être aussi plus prononcée que dans la poésie rimée.

4° Mais il ne faut pas croire qu'une fois la place des accents donnée, l'harmonie du vers soit irrévocablement fixée, et que deux vers qui auraient les accents placés sur les mêmes syllabes, présenteraient la même harmonie. Celle des vers italiens, ayant les mêmes accents, peut encore être variée à l'infini, à cause des longues et des brèves dont la langue italienne abonde. Je prends pour exemple ce vers du Tasse :

« Di soave liquor gli orli del vaso,

qui a son accent sur la sixième. Je ne déplace pas cet accent, je change seulement le mot *soave* en celui de *limpido* ; ce qui rend la troisième syllabe du vers brève, de longue qu'elle était, et je change entièrement par-là l'harmonie du vers.

L'Arioste a dit :

« Timida pastorella mai sì presta.

Ce vers a aussi l'accent sur la sixième ; je ne le déplace point, je change seulement le mot *timida* en celui de *leggiadra*, ce qui rend la seconde longue de brève qu'elle était, et j'obtiens une harmonie toute différente.

Je pourrais multiplier ces exemples à l'infini ; je me résume et j'établis que les longues et les brèves jouent un grand rôle dans la poésie italienne, et qu'un poète qui sait s'en servir à propos, peut produire de très-grands effets d'harmonie, et la varier jusqu'à l'infini. C'est cette variété qui soustrait la langue poétique à la nécessité de la rime.

5º Une source de variété très-abondante, peut-être la plus abondante de toutes, consiste dans les repos, c'est-à-dire dans les fins de sens qu'on peut ménager au quart, au tiers, à la moitié, aux deux tiers, aux trois quarts, et quelquefois même aux quatre cinquièmes du vers. Cette ressource est presque nulle dans les vers rimés, c'est-à-dire qu'on ne peut guère en faire usage, parce que la rime détermine presque toujours et de vive force la fin de la phrase. Ces repos, ces coupures dans la texture du vers, produisent un effet admirable, et font oublier à l'oreille la monotonie occasionnée par une harmonie trop uniforme. Voilà, quant à l'effet des repos au milieu des vers sur l'harmonie, mais ils en produisent un bien plus grand encore pour l'imitation ; mais ceci n'entre pas dans mon sujet.

C'est principalement à ces repos ménagés avec art, qu'on reconnait le versificateur habile : personne n'a égalé, à cet égard, Annibal Caro, dans la traduction de l'Énéïde. On reconnaît cependant un grand-maître dans M. Monti, traducteur de l'Iliade. On ne saurait faire le même éloge de Cesarotti, dans la traduction du même poëme, quoiqu'il eût un très-grand talent pour les vers non rimés.

En général, les Italiens d'aujourd'hui abusent de la faculté de ménager des repos dans le cours des vers. Ils y en mettent beaucoup trop, et presqu'à chaque vers ; ce qui produit un style haché et sec, et une poésie sans harmonie.

6º Les longues périodes, si favorables, d'ailleurs, à la haute expression et au style poétique, surtout lors-

qu'elles sont accompagnées d'inversions habilement mé-
nagées, sont encore un moyen très-puissant dont le
poète qui fait des vers non rimés, peut se servir pour
faire disparaître la monotonie, et dont celui qui emploie
la rime est presqu'entièrement privé. Cette faculté
qu'a le poète de prolonger la phrase beaucoup au-delà
de la fin du vers, et de ne la terminer que là où il le
juge à propos, par des motifs tout-à-fait indépendants
de l'empire de chaque vers, est une source très-abondante de variété. On oublie l'harmonie du vers, ou du
moins on ne la sent que de loin, lorsqu'on est enveloppé
dans une grande période, largement dessinée, qui forme
à elle seule un tout harmonique, et qui tient, pendant
long-temps, l'esprit en suspens. La langue italienne est
extrèmement propre à produire cet effet, parce qu'elle
a su conserver cette marche grande et large qu'on admire
dans les langues d'Athènes et de Rome. La nécessité où
sont les poètes qui font des vers rimés de terminer le
sens à la rime, est non-seulement un obstacle à l'imitation, mais encore une source de monotonie, un principe
d'ennui. Cette gêne, on la sent dans le Tasse assez évi-
demment ; personne n'a su mieux la déguiser que
l'Arioste, mais elle est encore sensible dans les com-
positions de ce grand génie. Ainsi la faculté des grandes
périodes dispense de la rime, et l'absence de cette
faculté la nécessite ; et si, d'un côté, les périodes écourtées nécessitent la rime, de l'autre celle-ci nécessite les
périodes écourtées.

7° On doit remarquer, en dernier lieu, que le poète
qui s'affranchit de la rime, est obligé à une plus grande
élévation de style, à des idées et à des tours plus poétiques.
A cet égard, la langue italienne offre de très-grandes
ressources, parce que son langage poétique est un langage à part, extrèmement distinct de celui de la prose,
et présentant un fond inépuisable de phrases et de tour-

nures qui n'appartiennent qu'à la poésie , et qu'on ne pourrait employer dans la prose sans se rendre ridicule.

Les principes que nous venons de développer sont si vrais que si on ôte la rime aux plus belles octaves du Tasse et de l'Arioste , elles deviennent insipides , et on sent aisément que , si on l'ôtait à toutes , on ne pourrait lire leurs poëmes sans dégoût , tandis qu'on lit toujours avec un nouveau plaisir la traduction de l'Énéïde par Annibal Caro. Pourquoi cela ? Parce que le Tasse et l'Arioste , en faisant des vers rimés , ont suivi les règles propres à cette sorte de vers , et qu'Annibal Caro a suivi celles qui appartiennent aux vers non rimés.

Il résulte de tout ce que nous venons d'exposer , qu'on peut faire des vers italiens sans rimes ;

1° A cause de la faculté d'enjamber ;

2° A cause de l'inversion des phrases ;

3° Par la grande variété dans le placement des accents.

4° Par l'influence des longues et des brèves ;

5° Par la faculté de prolonger la phrase au-delà de la fin du vers et de la terminer dans le cours de ce même vers , à quelqu'endroit que ce soit ;

6° Par la facilité qu'offre la langue italienne , et qui est inhérente à sa nature , de peindre la pensée , avec un grand nombre de ses accessoires, dans une seule et ample période ;

7° Par son langage poétique extrêmement prononcé et extrêmement abondant.

A Rouen. De l'Imp de P. Periaux , Imp. du ROI et de l'Académie , rue de la Vicomté , n° 55. (1822.)